DEVIR

EDITORIAL
Coordenador Editorial Brasil Paulo Roberto Silva Jr.
Editor-Assistente Marcelo Salomão
Tradutora Giovana Bomentre
Revisores Kleber de Sousa e Marquito Maia
Letras Gabriela Kato

ISBN 978-85-7532-758-6
Publicado no Brasil pela Devir Livraria Ltda.
Agosto/2019

ATENDIMENTO
Assessoria de Imprensa imprensa@devir.com.br
SAC sac@devir.com.br
Eventos eventos@devir.com.br

Rua Basílio da Cunha, 727 – Vila Deodoro
CEP 01544-001 – São Paulo – SP – Brasil
TEL 55 11 2602 7400

Dados Internacionais de Catalogação na Publicação (CIP)
(Câmara Brasileira do Livro, SP, Brasil)

Remender, Rick
  Black science : volume 2 / Rick Remender, roteiro ; Matteo Scalera, arte ; Dean White, Michael Spicer, cores ; Sebastian Girner, editor original ;[tradutor Giovana Bomentre]. -- 1. ed. -- São Paulo : Devir, 2019.

  Título original: Black science : volume 2
  ISBN 978-85-7532-758-6

  1. Histórias em quadrinhos I. Scalera, Matteo II. White, Dean. III. Spicer, Michael. IV. Girner, Sebastian. V. Título.

19-28219   CDD-741.5

Índices para catálogo sistemático:
1. Histórias em quadrinhos 741.5

Maria Paula C. Riyuzo - Bibliotecária - CRB-8/7639

RICK REMENDER
ROTEIRO

MATTEO SCALERA
ARTE

DEAN WHITE (#7-10)
MICHAEL SPICER (#11)
CORES

SEBASTIAN GIRNER
EDITOR ORIGINAL

BLACK SCIENCE CRIADO POR
RICK REMENDER & MATTEO SCALERA

VOLUME 2
BEM-VINDO, LUGAR NENHUM

7

MINHA MÃE E EU MORAMOS COM HAAZIM ATÉ OS MEUS NOVE ANOS.

ELE PROCUROU INCANSAVELMENTE UMA MANEIRA DE CUMPRIR A PROMESSA QUE FEZ AO MEU PAI.

QUANDO ELE NOS CONTOU QUE FINALMENTE ENCONTRARA OS MEIOS PARA NOS MANDAR AOS ESTADOS UNIDOS...

...NÃO FIQUEI FELIZ COM A NOTÍCIA.

HAAZIM ERA UM HOMEM SEVERO COM UM EXTERIOR PÉTREO...

...MAS EU O AMAVA.

ELE ME CRIOU COMO SE EU FOSSE DELE.

8

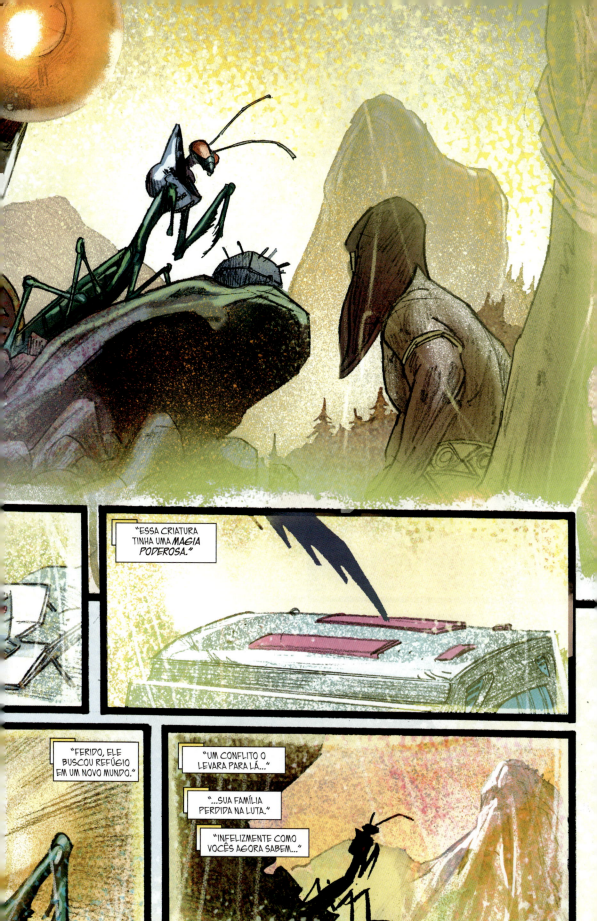

9

VOCÊ VIAJOU PARA UMA TERRA ESTRANHA A PEDIDO DE UM VELHO AMIGO...

OS CONVIDADOS DA FESTA ERAM DE UMA VARIEDADE IMPOSSÍVEL.

10

"COMO QUALQUER COISA PODE SER IMPORTANTE SE TODAS AS POSSIBILIDADES ACONTECEM?"

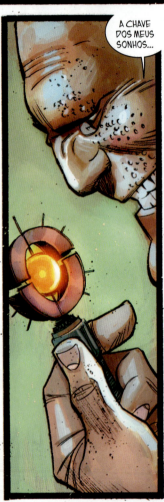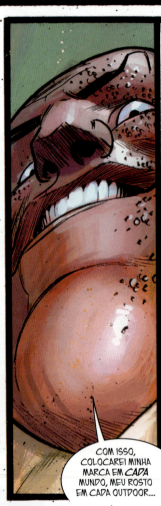

11

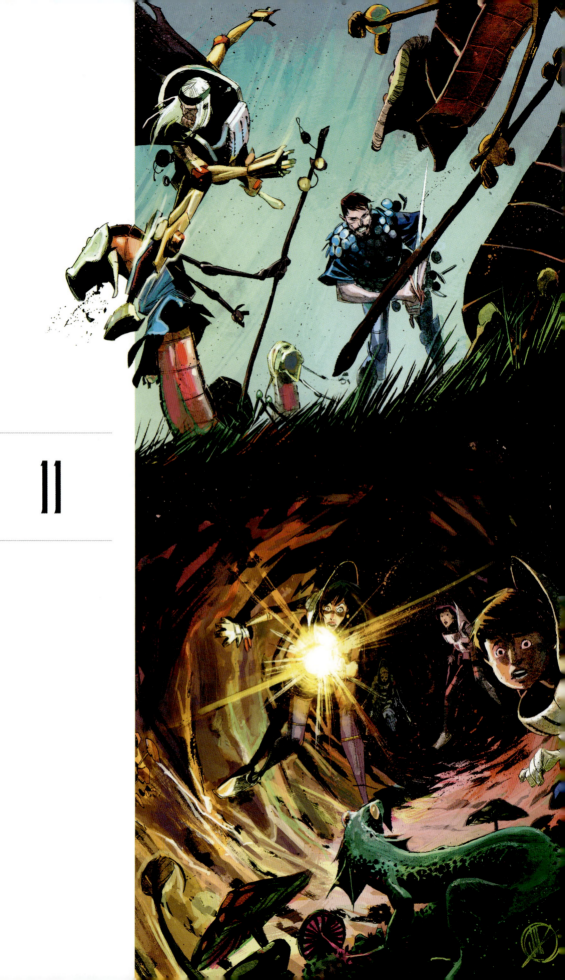

CIÊNCIA

SOMBRIA

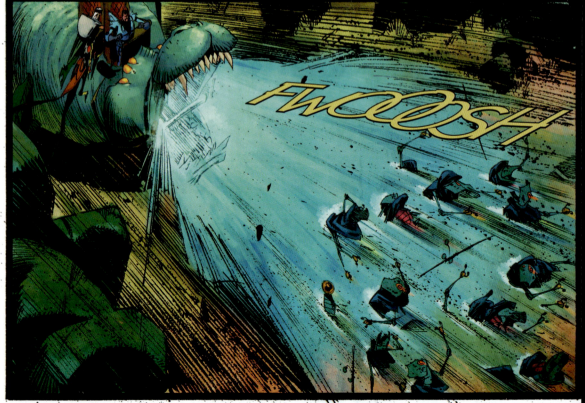

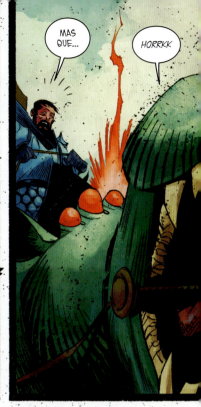

"...E TEMOS QUE ME IMPEDIR."

ESBOÇOS DE MATTEO SCALERA

ESTUDOS DE COR DE DEAN WHITE

"Falar bem de Deadly Class é chover no molhado. Trata-se de uma HQ capaz de fazer as pessoas se apaixonarem por quadrinhos."
—10/10, Nick Couture, *Comicosity*

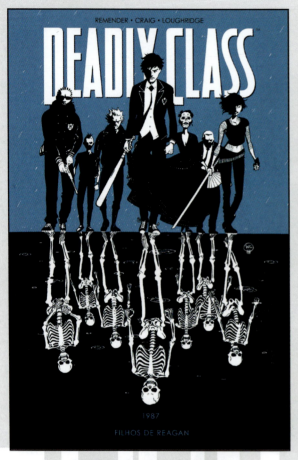

DEADLY CLASS VOLUME 1

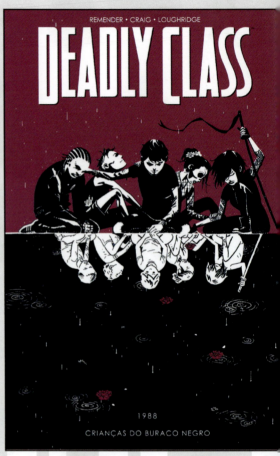

DEADLY CLASS VOLUME 2

MUDAR O MUNDO COM UMA BALA.

RICK REMENDER • WES CRAIG • LEE LOUGHRIDGE